Jan Reich

寂·靜·布·拉·格

Jan Reich 攝影　　羅智成 撰文

閱讀生活01

【前言】
空間幽靈的肖像照

1998年2月27日，我在聯合副刊發表了一篇自稱為「布拉格導覽習作」的遊記〈城堡與夢境交纏〉。在那篇略顯臃腫蕪雜的長文裡，我曾有這樣一段描述：「其實，布拉格的深沉，並不是只有我感覺到的。我手頭上一本花了350KC（約合台幣330元）就買到的攝影集，Jan Reich的《PRAHA》，也強烈表達出這樣的感覺：整本美得要死的布拉格古城風景集裡，沒有一個人影。除了枯樹和不時出現的霧氣，就是各式古老得近乎孤僻、頑強的建築、材質、特異風格與街景。

作序者說，這些作品是Reich花了整整13年的時間，趁全城的人都去作宗教聚會的幾小時空曠時辰所拍攝的，為了捕捉一座被荒廢城池的神韻。

羅蘭·巴特也這麼說：『這是一座沒有天使也沒有惡龍守護的城市，你必須帶一點孤僻的心情來欣賞它……』

我手頭上另一本攝影集《Praga Caput Regni》是諾貝爾文學獎得主的捷克詩人塞佛特為它配詩……而塞佛特的第一首詩是這樣寫的：

走在漸暗的光線裡

布拉格看起來比羅馬更美

我怕我無法從這夢中醒來

而再也看不到守護在

聖維徒斯古老聖殿簷上的星星……

我手頭上還有一本不用到捷克去買的，卡夫卡的『城堡』，同樣洩露著布拉格某種神秘的特質。

姑且這麼說吧：布拉格有一種讓人想孤獨以對的魔力……」

我引用了這麼一大段文字，最主要是想表達我初次接觸布拉格時，某種深刻異樣的感受。為了這異樣的感受，我在當時以及往後幾篇作品裡，都試圖以文字來捕捉它。甚至今年（2003年），我在《新新聞》的專欄裡還這樣提到：「布拉格有如歐洲的潛意識。特別是大部分西歐地區已受到近代或現代文明的翻修、翻新，而顯得光明、清晰時，布拉格似乎還籠罩在濃濃的古代時光裡，如實地保存著屬於中古時代的憂傷歷史、肅殺氛圍與童稚或屬於歷史原初的扭曲記憶。

……像台灣的九份一樣……透過一種『被遺棄』的儀式，原味保存了一種既陳舊、又截然不同於一般陳舊的異質風景。」

我雖然在文字中繼續重複著我對布拉格的印象。但是我隱隱警覺到：我所重複的，越來越不是我自己的經驗——而是Jan Reich寂靜的攝影深烙在我腦海裡的印記。

非常湊巧的，2002年台北國際書展的座談會上，我認識了捷克書展主席Dana

Kalinova女士。在我跟她提及Jan Reich作品給我的奇異影響時，她說她正好和Reich十分熟識。

接下來的結果是，經過和Dana多次的通訊之後，她幫我取得了Reich的《PRAHA》中文版權。

面對這樣一個令人興奮又令人不知所措的機會，我十分擁擠的大腦快速思索著。我對Reich本人所知不多，但是在許多地方都有關於他的詳細介紹。其中一個捷克的攝影網站說到：「Jan Reich是當代捷克最知名、最受尊重的攝影家之一，以《PRAHA》（布拉格）一書聞名（也就是本書）。在這本書中收錄了一些全世界迄今所能見到，有關布拉格的最好的照片……Reich的這些黑白照片都是從戶外拍攝的，好像透過攝影師一扇主觀的窗戶……他的現實世界是精修過的，並掌握住這當中的空間與時間細膩的美學平衡。在這樣高質的影像中，存在著深刻的懷舊之感。而這懷舊則專屬於神奇的布拉格。」

米蘭‧昆得拉在Reich的另一本攝影姊妹作《VLTAVA A PRAHA》（維爾塔瓦河與布拉格）也寫了序。在序中他如此提到：「人們喜愛他們所居住的城市，認為城市是屬於他們的。其實不然，城市不屬於人們。Jan Reich清楚這一點，所以他的布拉格是一座無人之城……在那不濫情的清醒當中，呈現出他偉大風格的力量。」

Reich是一個虔誠的藝術家，他對自己的看法是：看重創作的過程甚於作品本身。他主張照片就是一種紀錄，去「保存回憶」、去「捕捉消逝的時間」，因為「想為靈魂留下紀錄……」

就我手邊所有的他的三本主要作品來看，以上專業評論者、作家與藝術家本人的說法，都十分精確而有說服力。雖然相隔二十幾年，這3本攝影集也具備了某些同質性：黑白的、人類缺席的、時間明顯作用過的，還有疏離於對象之外的精確與冷靜。

好像在幫建築或風景拍肖像照。

如果布拉格古城中形形色色的景觀與建築，像一些性格、造型迥異的空間幽靈。

《PRAHA》就是這些空間幽靈的肖像照……

而為了讓台灣的讀者能比較容易地進入《PRAHA》（寂靜布拉格），我們添加了少許的說明文字，以及一組我為此而改編的短詩。

現在，就讓本書的圖與文寂靜地陳述吧！

羅智成

當我醒來──
當我在夢境中醒來
城市已在霧中三尺之外
顯現，並
荒蕪了！

I

聖女教堂
起點，在布拉格城堡區最南邊，史特拉霍夫修道院
裡的聖女教堂。素樸的外表，掩飾著巴洛克風格華
麗的內在裝飾。

01

稀疏的枝椏
耗損的風景
失去了季節力量的
季節
失去了共鳴、碰撞與對話中的嘴形的
聲音
半掩埋於比城市更巨大
密實的寂靜

 蘿瑞特廣場
從聖女教堂向北走來到這廣場，波希米亞的朝聖重
地。巴洛克的建築裡，有一座模仿聖母在義大利小
城蘿瑞特住處的聖屋。

陳年的潮濕與新釀的氧
猶帶泥土與葉綠素的芳香
尋找著溫暖的肺葉棲息
我深深呼吸
攫住這裡的空氣
便牢牢立足於
這被施咒過的土地

 蘿瑞特聖屋外的平台

03

這座城市
曾在我的夢中多次出沒
不同的面貌和角落
但都伴隨著幽黯的視野
極易觸礁的睡眠
冰冷的被窩邊陲和
比低溫更具體的孤獨

布拉格城堡廣場

從蘿瑞特上坡往北走，前面就是城堡所在，哈維爾總統在此辦公，後面的高塔就是布拉格最高點的聖維徒斯教堂。在維爾塔瓦河岸的制高上，自9世紀起，便見證著布拉格的歷史。

孤獨使我和
陌生難解的事物
變得十分親密
因為我也是其中之一

 廣場前的街道

那是一種穿透力極強的
存在
幾乎可以穿透現實
而被誤以為是——
但是
存在可以被稀釋
孤獨卻不能

 廣場上的燈炬
左方背景是史瓦森堡宮（Schwarzen bersky'
Palāc），現為軍史博物館。

孤獨是一種態度
或觀點
像某種渙散的眼光
吸吮、依戀
卻沒有目標
侵蝕、漫延
像青苔
或雨水或時光的
黑漬

城堡大門入口
左手邊，是普雷則（Ignaz Platzer）18世紀的作品
「打鬥的巨人」。

像被時間疫病淨空的城市
居民撤離、生活撤離
它的身世和歷史被收回
然後被趕到
記憶的荒原
自生自滅

城堡內的第二中庭
右手邊穿過馬提亞城門，從第一中庭進入第二中
庭，繼續往前走，就看見了總統辦公室。

08

我來到中庭廣場
四周柱廊門扉緊閉
這不是孔雀與鴿群的時辰
只有靜止的石塊
迄今等待著當初它掉落時的
回聲

城堡的第三個中庭
從哈維爾總統辦公的地方轉進第三中庭,華麗入眼的正是聖維徒斯大教堂的
「金色大門」。金色大門上有14世紀威尼斯工匠鑲嵌的畫——「最後的審
判」。這裡是布拉格城堡區最壯觀的建築地標。

09

透過回憶、想像與輾轉難眠
我在複製在潛意識裡的
城市裡遊蕩
透過書寫和腳步聲
城市向我的意識領域延伸

X   聖維徒斯大教堂後面蜿蜒的伊拉賽克街

孤獨一直是我的嚮導
它引領我到花園
鐘樓與城市上空
到隱蔽於市集裡的沼澤
或始終沒有行人再踏入的
一個在童年時被棄置
便完整保存下來的神祕社區

從帕特星公園向北看布拉格城堡
這裡是小區的西南方。整個布拉格的古城共分五個區：城堡區、
小區、舊城區、猶太區、新城區，其中前兩者在維爾塔瓦河北
岸，後三者在南岸，Reich的攝影也是沿著以上的動線安排的。

11

任何事物都須要
一個空間來安置吧？
抽象的事物，例如時間
茉莉花香或被異夢縈繞的清晨之恍惚
更依賴嫻於訴說的場景

 XII **新世界街**
為了與貧窮對抗，這裡的房舍都有個名字，以「金」
字開頭。目前Reich也是住在這裡。

歌德式城堡訴說恐懼與安慰
一切根源於文明幼稚期的惶惑與自責
長長的高牆訴說窺探的慾念
與不得其門而入的自棄之感
中庭廣場：空間如水，不實的擁有
花園：禁錮、馴養與陷溺
噴泉：生命如常運作，或隱匿操控
乾涸的噴泉：淡季、小感冒、沒有心情

XIII

切尼街
切尼街轉角處是方濟會托缽僧修道院，離蘿瑞塔不遠。建於1600年，波希米亞第一座聖方濟修道院。

枯枝：原貌、知識的苦澀
被模糊許久的清晰
雪景：萬用的修辭學
秘密擁有許多戀人的
文字與心理上的欺瞞
窗戶：在夏天是自由
在冬天是無可更改的下午行程

XIV　火藥橋邊的皇家花園

但是有些空間
恐懼洩漏一切
任由腐敗的秘密
發散出博物館打蠟的氣味

皇家花園的賽球廳
布拉格城堡外的皇家花園由斐迪南一世於1535年所
建，其中以賽球廳和貝爾維得宮最有名。外觀幾經
改變，不變的是文藝復興時期的的風味。

它們躲在意識的死角
不想被注意到——
寧可被忽視或誤解
有時
就連同許多未解的訊息
被其他訊息更改、佔用

貝爾維得宮
林蔭遮蔽著斐迪南一世爲愛妻所建的皇家夏宮。

同樣是這些空間元素
同樣是噴泉、花園、階梯、巨樹
和黝黑嶙峋如飛行殘骸的
巨大鳥籠
為什麼我們在別人的街道中
找到屬於自己的城市？

 皇家花園
除了夏宮，春天在皇家花園裡，還有盛開著由土耳
其所帶回來的鬱金香。這兒也是鬱金香移民歐洲的
第一站。

像遊魂找到
迷宮的廢墟
這座無主的空城肆意
被任何一個闖入的「我」
杜撰
擁有

XVIII　從山上回望小區及城市永恆座標的布拉格城堡

無人的城市和
屢屢在夢中出現的
無人的城市
它們的同位素是——
觀看著的我，
以及「他者」的缺席

城堡區北端的花園瓦爾克
左手邊的圓頂正是小區的聖尼古拉教堂。

唯一的活動者
唯一的意識
像高踞崗上的城堡
以那高傲
陰鷙
憂傷的雙眼
逡巡無力治理的版圖

XX

從瓦爾克花園望出去的景致
聖尼古拉教堂和鐘樓是小區最顯著的地標，由布拉
格巴洛克時期最傑出的建築家族迪恩成霍夫父子
設計。

逡巡著這
且戰且走，最後
敗退到我們一方小小被窩底下
的
孤獨夢境

 **觀景砲台一角**

21

伴隨一首已在空氣中褪色的樂曲
沿階而下
一路望去
沒有別的觀點
這是多麼純粹而自我的風景
多麼廣闊的私密

城堡外的舊階梯
左側圍牆內的布拉格城堡區保留了各時期的教堂、
塔樓：哥德式、文藝復興及18世紀重建的巴洛克和
新古典形式。

旁若無人的
獨舞的衝動
空轉著我的思考
寂靜的步伐
擦拭著我的思考
我的思考
干擾著我的思考

 **烏佛茲街**
大街分隔著小區和布拉格城堡區。

23

許多時候
獨處像一種心智上的探險
甚至是存在上的探險：
不相干的空間突然迫近了
它們具有稀釋你的存在的力量
而且你的獨處
總是沒有人見證

 城堡的新階梯，顯然比舊階梯寬了許多

許多時候
獨處就只是獨處罷了！
只是你在兩個時刻之間的
過渡
像一個標點
而不是一個句子

XXV　**舊市政廳旁的階梯**

但是在此
在這未被意義限定
一如未被醒來的人所回味的夢境一樣
未被整理、未經解讀的世界
獨處是生命本質的揭露

布拉格城堡的圍牆
另一邊，就是小區。小區自布拉格城堡下的斜坡拓
展，隔著維爾塔瓦河與舊城遙遙相望。

當「時空」的逗點被標上
「上下文」像被鬆脫後拖開的
前、後節車廂
孤獨有一套迥異於
歷史與現實的故事
但是找不到句子來記載

從小區以南的帕特星山丘回望
左上方，又見聖尼古拉教堂。

只要我目光所及
那些在夢中才出現的場景
便紛紛退縮、後撤
避免和我的目光相接

維巴花園
位於小區中心。建於1725年。由巴洛克式的陽台望
出去，小區美景盡收眼底。

因為疏離而安靜的凝視是
一種穿透力極強的存在
那冷然的眼光
馴養著
目光所及的景觀與對象
它們低首垂睫
飽含著屬於或不屬於自己的意涵

XXIX　橡樹下的聖母院

29

它們注定被誤讀或忽視
注定被視爲象徵
視爲假象
但是
當他們未被看見時
又是什麼呢？
這大概是我在夢中
最想偷窺的事

 小區裡的花園

我穿過成列的雕像
這花園像是造來吸引仙女或精靈
前來棲息的地方
但我強烈感覺到
是某種「時空陵墓」的意象
某種「不再現實」的意含
讓這裡的風景有了懾人的力量

 **華倫斯坦宮花園**
從小區廣場往北走，巨大的宮殿展現著當年皇家將
領華倫斯坦覬覦皇位的野心。園中的雕塑是佛里斯
（Adriaen de Vres）的作品。

「不再現實」
是大部分古老樓墟的現狀
它的斑駁容顏與材質
依舊可以觸及
但是存在等級已退化到
夢的那一層

華倫斯坦宮花園
布拉格最巨大的宮殿。建於1623～29間。花園裡的
雕像、噴水池與大池塘裝飾著巴洛克的風格。

夢繼續在街巷之間
躲閃、後撤
它們離開門把
輕輕掩上門
拉下窗簾，或自
玻璃反射的街景和晴空
消失

XXXIII　　華倫斯坦宮外的大街，通往利德伯花園

我不應該還沒醒來
就走下樓來
不應該下到這一層
這一層只有
沈澱
和無法分解的那些
被忘記所忘記了的事物

XXXIV　連結小區廣場的小街

34

無法被時間分解的
狀態
不就是一種煉獄嗎？
這座被空虛
永遠定形的城市
不就是一種煉獄嗎？
在我內心之中
睡著後才能記起來的
某些遺憾
不正是一種煉獄嗎？

XXXV **「3隻鴕鳥之屋」旁邊的一條小徑**
1714年，布拉格第一家咖啡館便在此開張，現已改
裝成旅館餐廳。

孤獨一直是我的嚮導
不論童年的我知不知道
沿著僻靜的河邊
總會遇到一些
我在不同年紀遺落的空間殘骸

康帕島
小區沿岸的小島，依傍著維爾塔瓦河的支流──惡魔溪。這裡又名「布拉格的威尼斯」。

有時
孤獨就是一種視野吧？
由距離撐出來的
視野

XXXVII **史麥塔納河岸**
從小區康帕過河來到舊城區，沿著河岸向北走，便可到史麥塔納博物館，懷念「捷克音樂之父」史麥塔納。衆人耳熟能詳的「莫兒島河」就是維爾塔瓦河的德文發音。

有時
孤獨類似隔絕
但它始終看得見對面
像某種對峙
和某種重要事物的對峙
只有冷冽的風
吹到你這一邊來

XXXVIII

斯特列斯基島
位於列吉橋正下方，猶如巴黎塞納河上的西堤島。河左岸是小區，河右岸正
對著國家戲劇院。每年8月的時候，這座島則屬於劇場。世界聞名的木偶劇
即在此演出。

我的視線像一根釣桿
被長長的距離
扯得彎彎的
只要被凝視所勾住的景物
跳脫
就有沉重的空間
反彈回來

XXXIX

舊城
河的對岸就是舊城與中央廣場，布拉格的市中心，
自13世紀始，便成為最熱鬧的市級行政區

39

但是
當視線被擋住
那些空曠的景物
還是會倒映回來
所有的念頭就在虛假的天空飛翔

查理大橋下一景
查理大橋是舊城通往小區必經的路徑。

我曾穿過那座石橋
並重複地記起和忘記
過橋之後的事物
在彼
似乎有異狀盤桓
雖然街廓儼然
但是氣候、氣氛都不尋常
似乎有第五個季節存在

XLI **查理大橋**
循著雕像的手勢，是小區通往舊城的方向。這些雕
像是查理大橋的辨識標誌，國寶級的眞品放在博物
館裡。

而且更加安靜
有如照片風景
在彼
靜默被厚厚地
塗在視覺之上
連眼睛
也不敢發出聲音

XLII

小區的鐘樓
查理大橋靠小區這一頭緊接著橋街，街上混和著文藝復興與巴洛克風格的建築。入口處左右各矗立著橋塔和自12世紀保存下來的猶滴塔。塔上盡覽布拉格上百座尖塔的風光。

在清晨霧中
一座城市
顯現又退隱
像載沉載浮於盥洗盆中
一直不曾被準確的認知
所定影的
童年印象

查理大橋
霧幕中浮現的是舊城市政廳的圓頂，還有廣場上泰恩教堂的哥德尖塔。

43

我不該還沒醒來
就四處張望
那些倖存於
睡眠與清晨之間
薄薄一層記憶的
超現實風景

XLIV **查理大橋靠舊區這頭的火藥門塔**
在15世紀時，這座城門是市議會獻給新國王的加冕
禮。17世紀，在此儲存軍火，故名之。

44

像一條通往迷路的神秘巷弄
鋪石的古老街道
以封存多年的回聲
為我們虛弱而警覺的感官
偽造虛擬的記憶

XLV **克雷門特學院**
從查理大橋進入舊城，不遠處可達學院。斐迪南一
世於16世紀重回羅馬天主教，在此建立總部。

當我們回顧
就會走進時間的岔路
於是我們一一記起
不曾經歷過的
永夜巷弄中的
追逐

查理街
12世紀，加冕的隊伍由此蜿蜒進入布拉格城堡。照片左邊，門牌18號是個著名咖啡屋──金蛇之屋。

當我們回顧
就會走進時間的岔路

隱身舊城裡靠河岸的小街，卻取名「金銀街」

47

記憶因衰老而被篡奪
夢境頻繁而成爲記憶
我們帶著虛擬的身世
在創作中
過著比現實生活
加倍艱困的日子

舊城廣場
來此，尋訪卡夫卡的蹤跡，他常來這裡的「金獨角獸之屋」與其他作家聚會。尖塔旁、街道右手邊那幢就是。

48

孤獨一直是我的嚮導
它在沿途留下許多記號
我緊緊跟隨它
相信它比自己
更能堅持我自己的眞相

舊城市政廳
前面看到的是市政廳尖塔，建於1364年。

是的
我們不能忍受自欺
所以為此創作
虛虛實實的
苦澀知識與遭遇

L **舊猶太墓園**
1478年開始。埋葬的死者相疊了12層。10萬人共居
一處的陰宅，記錄著猶太人的困厄歷史。

50

對於脆弱存在的
輕蔑與焦慮
是不言而喻的信仰嗎？
此刻的夢境往往成為
對彼刻生命的嘲諷

LI　**舊猶太墓園**
仔細看，墓碑上的雙手是祝禱之意。孔恩（Cohen）
家族如此標示家族的印記。

此刻的寂靜成爲
對彼刻清醒的
嘲諷

 國家劇院與卡洛林宮
卡洛林宮所在即是布拉格大學。查理四世在1348年
所創立的中歐—也是日耳曼第一所大學。

城市繼續在
我們的體內裡生長
像無害的寄生蟲
吸收著我們遺忘掉的素材
迅速發展成
遠比寄主碩大的
軀幹

 克拉姆──加拉斯宮
大力士海克力斯巨大的雕像，矗立於宮殿正門。
波希米亞最宏偉的建築，卻淪落為市政檔案的儲
存所。

它把人聲驅趕到道路的最盡頭
把所有的活動
包括廣場上的偶戲
取消
連騎單車經過的小丑也取消

LIV

胡斯街
傳教士胡斯自1410年起，提倡宗教改革，揭發教會
各種腐敗的現象，卻在1415年6月被判火刑而死。

連同
有著神經質大眼的詩人
失控橫溢的意識流
和書中
斑斕發光的文字
堆放一地、奄奄一息的
舊傢俱

LV **契胡夫橋**
猶太區北邊的大橋，在巴尼古碼頭旁，可以搭舢舨遊河。

有著神經質大眼的
小說家
永無休止的囈語
任職經歷
和
向煉金術士分租的矮厝
都取消

LVI 猶太區最北邊的法蘭提斯科河岸

連音樂家耳中的聖殿
畫家以妖嬈的線條圈起的
伊甸園
猶太拉比珍藏的
肉身機器人
都取消

契胡夫橋上的路燈。

當我在夢境中醒來
城市已在霧中三尺之外
顯現，並
荒蕪了

 法蘭提斯科河岸。

緊閉的欄杆
被鐵鏽黏合
荊棘和玫瑰相擁
河面上蒸散的霧氣
帶著衰敗的氣息

哈那夫斯基涼亭。
河左岸的華麗涼亭，當初是為了1891年萬國博覽會
而新鑄的鐵製階梯。站在涼亭上對望河右岸的舊
城。

我稍稍放鬆
卻發現內心裡的異質部分
迅速脫離自己
投向與它同質的風景

 LX　　從猶太區鋪磚的德弗札克河岸，隔水對望小區。

像個別的夢回到
人類共同的夢裡

LXI　猶太區多佛拉克河岸。

我一度以為
它屬於我
兀自崢嶸的無主之城啊
但是最終還是
難堪的發覺
是我，屬於它

 從舊城對望河水另一邊的小區。

像血液之於海水
牙齒之於喀斯特洞穴
光怪陸離的夢之於焦慮冗長的進化
我內心的異質部分
全屬於它
借自於它

 **列吉橋。**
連接著小區與新、舊城的邊境。從中穿過斯特列斯基島。

那被命名爲孤獨的形而上存在
那疏離冷然的眼光
虛擬的童年奇遇
以及憂傷的理想主義
都是借貸而來的身世

LXIV

列吉橋穿過斯特列斯基島。
這裡是小區的瑪拉河岸。

64

但是
沒有內心這些異質部分
這些靈魂的義肢與假眼珠
一個獨特的我
是無從建立的

國家戲劇院。
從小區穿過列吉橋到達新城，正對著的正是新城裡
的文化復興象徵，又稱金冠劇院。

這是多麼苦澀的認知
我的孤獨與
獨一無二的行徑
只是來自於
「智人」共同的夢境
只是普遍的人性

LXVI　列吉橋上

66

在兀自靜立如夢之蛇蛻的城市裡
那唯一的活動者
唯一的意識
被取消了！

維爾塔瓦河岸風光。

我被馴養爲
城市的一部分

LXVIII  小區對望舊城的河岸。

偶而執行著孤獨的觀點
偶而是低首垂睫的雕像
飽含著屬於或
不屬於自己的意涵

吉列橋下的維爾塔瓦河。
獨木舟後，遊艇正要穿過吉列橋下的維爾塔瓦河。

69

我成爲別人的幽靈

LXX 新城。
瑪賽柯河岸。

我必須撤離這座城市
回到我的歷史
我必須醒來
或者我必須睡著
總之
我必須離開

娜西諾瓦河岸。
從這裡搭蒸汽船或舢舨遊河，醉覽維爾塔瓦的風光。

這是不可能的

LXXII

遠望高堡。
終點，亦是一塊高地，突起於維爾塔瓦河上，名爲
「高地上的城堡」，原爲防禦工事。1870年後，定爲
國家墓園。

每個清醒的人
都是
他自己的
夢的一部分

寂靜布拉格
PRAHA

攝影　Jan Reich
撰文　羅智成
發行人　羅智成

主編　李岱芸
編輯　楊淑青
美編　鄭若誼
校對　李岱芸、楊淑青

出版者　閱讀地球文化事業有限公司
地址　台北市大安區敦化南路一段302號6樓之一
電話　（02）27554157　傳真　（02）27554162
郵撥帳號　19736990 閱讀地球文化事業有限公司
網址　http://www.readtheworld.com.tw
e-mail:readtheworld@yahoo.com.tw
總經銷　時報文化出版企業股份有限公司
地址　台北市大理街132號
電話　（02）23066842
印刷廠　永光彩色印刷股份有限公司
地址　臺北縣中和市建三路九號
電話　（02）22232799
著作完成日期 2002年
出版日期　2003年2月 初版